CIP-Kurztitelaufnahme der Deutschen Bibliothek
Lorenz Elfriede:
Anders geht es auch/Elfriede Lorenz. Ill. von
Devis Grebu. – Wien; München: Verlag Jungbrunnen,
1982.
ISBN 3-7026-5531-X

NE: Grebu, Devis:

Druck: Pillerdruck Ges.m.b.H., 1070 Wien. 4 3 2 1

TEXT VON ELFRIEDE LORENZ
BILDER VON DEVIS GREBU

anders geht es auch

(nach einer Idee von Ion Creanga)

VERLAG JUNGBRUNNEN

Jakob kommt von der Arbeit heim.
Vor dem Haus warten schon alle:
Jakobs Mutter.
Jakobs Frau.
Und Tina, Jakobs ältere Tochter.
Sie ringen die Hände.
„Zu Hilfe! Zu Hilfe!"
Sie rufen und jammern:
„Was sollen wir nur machen?"
Sie heulen und kreischen:
„Das arme, arme Kind."
„Was ist denn geschehen?" ruft Jakob erschrocken.

„Das Dach hat ein großes Loch", klagt Jakobs Mutter.
„Und unter dem Loch steht die Wiege mit dem Kind.
Stell dir vor, es fängt plötzlich an zu regnen.
Dann regnet es durch das Loch auf das Kind!"

„Dann wird das Kind in der Wiege ganz naß.
Dann wird es ganz krank, das arme, arme Kind!"
„Wie schrecklich!" ruft Jakob. „Wir müssen sofort etwas tun!"
„Wir haben schon etwas getan!" erklärt Tina stolz.
„Wir haben den Schirm in die Vase gesteckt.

Wir haben die Vase auf die Leiter gestellt.
Wir haben die Leiter über die Wiege geschoben.
Jetzt kann das Baby nicht mehr naß werden."
„Dann ist ja alles gut!" sagt Jakob.
„Gar nichts ist gut!" jammert seine Mutter.

„Die Katze! Oh, wie schrecklich! Die Katze!“
heult Jakobs Frau.
„Die Katze liegt auf dem Kamin und schläft.
Stell dir vor, sie wird plötzlich wach.“
„Dann springt die Katze auf den Schirm“,
jammert die Mutter.
„Dann purzelt der Schirm von der Leiter.
Dann stürzt die Vase in die Wiege.
Dann fällt die Leiter auf das Kind.
Dann ist das arme, arme Kind tot!“
„Wie schrecklich!“ jammert nun auch Jakob.
„Was sollen wir bloß tun?“
„Ich weiß etwas!“ sagt er dann.
„Ich laufe zu den Nachbarn und frage sie um Rat.“

Jakob geht über eine große Wiese.
Auf der großen Wiese steht ein kleines Haus.
Vor dem kleinen Haus läuft ein Mann hin und her.
„Was machst du denn da?" fragt Jakob.
„In meinem Haus ist es dunkel und kalt", sagt der Mann.
„Weil die Sonne nicht von selbst in mein Haus kommt,
muß ich sie eben einfangen."
Er hält den Sonnenstrahlen einen Eimer entgegen.
„Jetzt fange ich euch ein!" ruft er ihnen zu.

Dann rennt er mit dem Eimer ins Haus.
Das macht er immer wieder:
Einfangen und hineintragen. Einfangen und hineintragen.
„Daß du dir dabei gar nicht die Hände verbrennst!" staunt Jakob.
„Der Eimer muß doch glühend heiß sein."
„Nein, nein", sagt der Sonnenfänger,
„ich schwenke ihn immer beim Laufen.
Da kühlt er gleich wieder aus.
Deshalb bin ich ja auch schon so müde."

„Ich hab's!" ruft Jakob plötzlich. „Anders geht es auch!
Reiß doch eine Wand ein.
Dann findet die Sonne von selbst in dein Haus."
„Ein herrlicher Einfall!" ruft der Sonnenfänger begeistert.
„Wie dumm von mir, daß ich nicht gleich daran dachte!
Hier – nimm den Eimer zum Dank für deine Hilfe!"

Der ist auch nicht klüger als ich,
denkt Jakob.
Der kann mir nicht raten.
Dem hab ich ja selbst raten müssen.
Ich muß mir die Hilfe wohl anderswo suchen.

Jakob kommt an einem Haus vorbei.
Aus dem Haus hört er eine zornige Stimme:
„Ho ruck! Ho ruck! Willst du dich endlich bewegen!"
Neugierig geht Jakob hinein.
„Was machst du denn da?" fragt er den Mann.
„So ein Pech!" keucht der.
„Da habe ich nun einen Wagen gebaut,
und jetzt rührt er sich nicht von der Stelle."
Jakob betrachtet den Wagen.
Der Wagen ist hoch und breit.
Die Türe ist niedrig und schmal.
„Eher kommt eine Maus durchs Schlüsselloch,
als der Wagen durch die Tür", sagt der Mann.
„Ich werde das Haus niederreißen müssen,
um den Wagen ins Freie zu bringen."

„Ich hab's!" ruft Jakob plötzlich. „Anders geht es auch!
Nimm doch eine Schaufel und grabe einen Tunnel!
Dann kannst du den Wagen unter dem Haus hinausziehen."
„Ein herrlicher Einfall!" ruft der Wagenbauer begeistert.
„Und so praktisch: Wenn ich meinen Schlüssel verliere,
kann ich bequem durch den Tunnel ins Haus.
Hier – nimm den Hammer zum Dank für deine Hilfe!"

Der ist auch nicht klüger als ich,
denkt Jakob.
Der kann mir nicht raten.
Dem hab ich ja selbst raten müssen.
Ich muß mir die Hilfe wohl anderswo suchen.

Jakobs Weg führt an einem Feld vorbei.
Mitten im Feld steht ein Bauer.
Er hat eine große Trommel umgehängt und trommelt so laut er kann.
„Was machst du denn da?“ fragt Jakob den Mann.
„Die Vogelscheuche ist umgefallen“, jammert der Bauer.
„Nun muß ich selber die Vögel verjagen.“

„Purzeln da nicht vor Schreck
die Weizenkörner aus den Ähren,
wenn du so einen Krach machst?“ fragt Jakob.
„Was soll ich denn sonst tun?“ klagt der Bauer.
„Wer fürchtet sich schon
vor einer umgefallenen Vogelscheuche?“

„Ich hab's!" ruft Jakob plötzlich. „Anders geht es auch!
Zieh doch du die zerlumpten Kleider an und stell dich auf das Feld!"
„Ein herrlicher Einfall!" ruft der Vogeltrommler begeistert.
„Dann muß ich nur hin und wieder mit den Armen wackeln,
und schon fliegen die Frechhälse davon.
Hier – nimm die Mütze zum Dank für deine Hilfe."

Der ist auch nicht klüger als ich,
denkt Jakob.
Der kann mir nicht raten.
Dem hab ich ja selbst raten müssen.
Ich muß mir die Hilfe wohl anderswo suchen.

Jakob kommt zu einem Bauernhof.
In der Scheune brüllt die Kuh.
Sie brüllt, weil sie hungrig ist.
Auf dem Dachboden liegt das Heu.
Die Kuh sieht das Heu, aber sie erreicht es nicht.
Dazu müßte sie einen Giraffenhals haben.

Der Bauer steht auf dem Dachboden.
Er hat der Kuh einen Strick umgebunden.
„Was machst du denn da?“ fragt Jakob den Mann.
„Ich ziehe und ziehe die Kuh herauf“, sagt der Bauer.
„Aber sie bockt und rührt sich nicht von der Stelle.
Ich werde ihr am Ende noch den Hals umdrehen.“

„Ich hab's!" ruft Jakob plötzlich. „Anders geht es auch!
Lehne doch die Leiter an die Wand!
Dann kann die Kuh vergnügt zum Heu hinaufsteigen."
„Ein herrlicher Einfall!" ruft der Strickzieher begeistert.
„Hier – nimm das Seil zum Dank für deine Hilfe!"
Aber die Kuh will nicht auf die Leiter klettern.
„Vielleicht hat sie Angst vor der Höhenluft!" sagt Jakob.
„Komm, wir schieben sie hinauf!"
Die Kuh macht sich ganz schwer
und wackelt verzweifelt mit dem Hinterteil.
„So geht das nicht!" sagt der Bauer zuletzt.
Er denkt lange nach.
„Ich hab's!" ruft er dann. „Anders geht es auch!
Kommt die Kuh nicht zum Heu,
muß das Heu zur Kuh kommen.
Ich werde es ihr hinunterwerfen."

„Ein herrlicher Einfall!" ruft Jakob begeistert.
Der Bauer ist klüger als ich,
denkt er.
Dem habe nicht ich raten müssen.
Der hat ja mir geraten:
Anders geht es auch!

Der Sonnenfänger
könnte sich die Sonne durchs Fenster holen.
Der Wagenbauer
könnte den Wagen zerlegen und neu zusammensetzen.
Und der Vogeltrommler
müßte bloß die Vogelscheuche wieder aufstellen.
Ja, der Strickzieher hat recht:
es gibt immer eine bessere Lösung.
Jetzt weiß auch ich, was ich tun muß.

Und glücklich läuft Jakob nach Hause.

Rasch schiebt er die Wiege zur Seite.
„So“, sagt er zur Katze. „So weit kannst du nicht springen.“
„Das Kind ist gerettet!“ ruft Jakobs Mutter erleichtert.
„Jakob, wie klug du bist!“
Seine Frau stellt den Eimer auf den Boden.
„Jetzt kann es sogar hereinregnen!“ sagt sie zufrieden.
„Du bist ja noch klüger!“ ruft Jakob überrascht.
Tina hat die ganze Zeit nachgedacht. Jetzt sagt sie:
„Warum reparierst du nicht endlich das Dach,
so lange noch die Sonne scheint?
Dann werden wir nicht naß, wenn es regnet.“
Jakob nimmt Tina in die Arme, küßt sie und sagt:
„Und du bist am allerklügsten!“